D1304575

Collection MONSIEUR

Mr. Men   Little Miss

Monsieur
ÉTONNANT

Roger Hargreaves

HACHETTE
Jeunesse

Monsieur Étonnant vivait en Bizarrance,
et s'y trouvait très bien.

Car, vois-tu,
la Bizarrance était un pays étonnant.

En Bizarrance, tous les arbres avaient des feuilles rouges.

Et l'herbe était bleue.

N'est-ce pas étonnant ?

En Bizarrance, les chiens portaient des chapeaux.

Et sais-tu ce que faisaient les oiseaux ?

Oui, ils volaient.

Mais à reculons.

La Bizarrance était un pays vraiment étonnant.

C'est pour ça que monsieur Étonnant habitait là.

Il habitait
la maison la plus étonnante de Bizarrance.

Et peut-être du monde.

Qu'en penses-tu ?

Chaque année, en Bizarrance, se déroulait un grand concours.
Une sorte de championnat.

C'était la Coupe de Bizarrance.

Le vainqueur de la Coupe était celui qui avait eu l'idée la plus étonnante de l'année.

A cette époque,
monsieur Étonnant n'avait jamais gagné la Coupe.
Mais il en rêvait chaque nuit.

S'il voulait gagner la Coupe,
monsieur Étonnant devrait avoir une idée
particulièrement étonnante.

Ce matin-là, il commença à y réfléchir
en prenant son petit déjeuner.

Au fait, tu aimerais peut-être savoir
ce qu'il prenait au petit déjeuner ?

Il buvait une tasse de chocolat
mélangé avec de la gelée de groseille,
et un verre de jus de citrouille.

Il mangeait une portion de gâteau au pâté de lièvre
et un œuf à la coque.

Bien sûr, il mangeait aussi la coquille.

Donc, tout en prenant son petit déjeuner,
monsieur Étonnant se demandait comment gagner
la Coupe de Bizarrance.

Il se rappelait...

Deux ans auparavant,
c'était monsieur Loufoque qui l'avait gagnée.

En posant du papier peint.

Ce qui n'a rien d'étonnant.

Mais monsieur Loufoque avait posé le papier peint
sur le toit et sur la façade de sa maison.

Et l'année précédente, c'était monsieur Saugrenu
qui avait gagné la Coupe de Bizarrance.

En construisant une nouvelle voiture.

Une voiture qui n'avait rien d'étonnant
à part ses roues carrées.

Monsieur Étonnant réfléchit longuement.
Mais il n'eut aucune idée.

Il prit une autre tasse
de chocolat à la gelée de groseille,
mais ça ne servit à rien.

Alors il décida d'aller se promener.

Et il sortit en laissant la porte ouverte
pour ne pas être cambriolé pendant son absence.

Chemin faisant, monsieur Étonnant rencontra un coq
qui portait des bottes et un parapluie.

– J'aurais été bien étonné
de vous voir sans vos bottes et votre parapluie,
dit monsieur Étonnant.

– Miaou ! répondit le coq.

Car, en Bizarrance, les animaux ne poussaient pas
les mêmes cris que les animaux d'ici.

Un peu plus loin,
monsieur Étonnant rencontra un ver de terre
qui portait un haut-de-forme,
un monocle et une cravate.

– J'aurais été bien étonné de vous voir
sans votre haut-de-forme, votre monocle
et votre cravate,
dit monsieur Étonnant.

– Cui, cui ! répondit le ver de terre.

Un peu plus loin encore,
monsieur Étonnant rencontra un cochon qui portait
un chapeau melon et un pantalon bleu.

– J'aurais été bien étonné de vous voir
sans votre chapeau melon et votre pantalon bleu,
dit monsieur Étonnant.

– Meuh! répondit le cochon.

Ça t'étonne?

C'est alors que monsieur Étonnant eut une idée.
Une idée drôlement étonnante.

L'idée la plus étonnante qu'il ait jamais eue.

Il se dépêcha d'aller en ville
pour acheter un pot de peinture et un gros pinceau.

Le jour de la remise de la Coupe arriva enfin.

Une foule nombreuse se rassembla
sur la place des Fantaisies.

Le roi de Bizarrance monta sur l'estrade
et prononça son discours solennel.

– Mesdames et messieurs,
c'est aujourd'hui que j'aurai le plaisir de remettre
la Coupe de Bizarrance à celui d'entre vous
qui a eu l'idée la plus étonnante de l'année...

... Pour commencer,
je vais vous présenter les concurrents.
Voici monsieur Hurluberlu qui est agriculteur.
Il a réussi à récolter des pommes carrées !

Monsieur Hurluberlu montra fièrement
une de ses pommes carrées.

La foule applaudit.
Quelle idée étonnante, en effet !
Monsieur Hurluberlu était sûr de gagner la Coupe.

– Et maintenant, je vous présente madame Insensé,
qui a eu une idée encore plus étonnante, dit le roi.

Monsieur Hurluberlu eu l'air profondément vexé.

Madame Insensé montra à la foule
la plus étonnante des théières.

Il y eut un tonnerre d'applaudissements.

– J'aurai donc le plaisir
de remettre la Coupe de Bizarrance à ...

Le roi s'arrêta.
Il venait d'apercevoir quelque chose
qui le frappait d'étonnement.

Au beau milieu de la place, il y avait un arbre.

Cet arbre avait toujours été là.

Or, c'était cet arbre
que le roi regardait, bouche bée.

– Qu'est-il arrivé à cet arbre ? demanda-t-il.

Et tous les yeux se tournèrent vers l'arbre.

Les feuilles de l'arbre étaient vertes.
Pas rouges comme celles de tous les autres arbres
de Bizarrance.
Non, vertes !

Il y eut un grand silence.

Et la petite voix
de monsieur Étonnant s'éleva dans ce silence.

– C'est moi qui ai fait ça ! dit-il.
J'ai peint toutes les feuilles cette nuit.

– Un arbre vert! s'écria le roi.
Qui a jamais vu une chose pareille?

– Un arbre vert! répéta la foule.
Quelle idée étonnante!

Et la foule applaudit à tout rompre.

Monsieur Étonnant sourit modestement.

Le roi dit :

– Je pense que c'est l'idée
la plus étonnante de l'année.
Par conséquent,
je remets la Coupe de Bizarrance à monsieur Étonnant.

La foule acclama monsieur Étonnant.

Il rougit de plaisir.

Un oiseau perché
sur la plus haute branche de l'arbre vert
se mit à chanter :

– Ouah! ouah!

Et il s'envola... A reculons.

RÉUNIS VITE LA COLLECTION ENTIÈRE DE **MONSIEUR MADAME**, UNE FRISE-SURPRISE APPARAÎTRA !

HACHETTE Jeunesse

Traduction : Jeanne Bouniort
Révision : Évelyne Lallemand
Dépôt légal n° 66176 - décembre 2005
22.33.4846.01/6 - ISBN : 2.01.224846.2
Loi n° 49-956 du 16 juillet 1949 sur les publications destinées à la jeunesse.
Imprimé et relié en France par I.M.E.